LA

PRESOMPTION

PUNIE.

ALLEGORIE

AUX PRETENDUS ESPRITS FORTS.

LA
PRESOMPTION
PUNIE.
ALLEGORIE.

Par Monsieur DENESLE.

A PARIS, AU PALAIS,

Chez la Veuve D'HORS, fur le Perron
de la Sainte Chapelle, au Soleil levant.

M. DCC. XXXVII.
Avec Approbation & Permission.

LA
PRESOMPTION
PUNIE.
ALLEGORIE.
AUX PRETENDUS ESPRITS FORTS.

Uand l'Eternel eut tiré du
limon
Le double fexe , & que de
l'Empirée
Il eut au monde envoyé la raifon ,
Ce raïon vif , cette flâme facrée ,
Qui de l'efprit dirigeant le timon ,
Confeille , inftruit , parle , commande
en Reine ;
Qui feule fait que la nature humaine

A iij

Eſt au-deſſus du terreſtre animal ,
Et qu'ici bas elle n'a rien d'égal.

Quoiqu'enrichi d'un ſi noble avantage ,
L'Homme d'abord fut doux , modeſte ,
        ſage.
De ce grand Etre il reveroit le Bras,
La Majeſté , la ſageſſe ſuprême ,
Qui dans le tour de ſon vaſte compas
Du Monde entier a réglé le ſyſtême ;
Seul il étoit ſon Arbitre & ſon Roi ...
Son cœur alors , exempt de folles criſes ,
Regnoit en paix, & tenoit ſous la Loi
Les paſſions ſervilement ſoumiſes.
L'Orgueil altier , lors docile captif ,
A peine oſoit lever un œil craintif.
L'emportement monſtre au regard terrible
N'étoit encore féroce ni brutal ;
Mais ſous le joug avec un front paiſible
Il ſe rangeoit dès le moindre ſignal.
Du fol amour la fougue impetueuſe,
Comme un courſier habilement dompté ,

De la raiſon Reine majeſtueuſe
Reconnoiſſoit la ſage autorité.

Telle à l'effort prudemment réunie
L'ingenieuſe & facile Induſtrie
Sçait captiver un Lion orgueilleux,
Un Ours cruel, un Tigre furieux :
Tel eſt plûtôt le Monarque du Monde,
Quand exerçant ſa puiſſance ſur l'Onde,
Il parle en maître au Foudre imperieux,
Aux vents altiers, aux Flots ſéditieux,
Et les remet dans une paix profonde.

L'aimable joïe en cet heureux état,
De l'Homme étoit la paſſion unique;
Son cœur goûtoit ſans trouble & ſans
        combat
Du plaiſr pur le charme pacifique.
Une brillante & durable ſanté
Le conduiſoit à l'immortalité.
(a) Une Beauté, mais ſans autre parure

(a) La premiere femme.

A iiij

Que les attraits de l'aimable nature
Affociée à fon deftin heureux
Etoit l'objet de fes modeftes feux . . .
Le variant & charmant affemblage
Des animaux, depuis fiers ennemis,
N'étoit alors rebelle ni fauvage ;
Mais à la voix d'un Monarque fi fage
Il fe montroit pacifique & foumis.
Pour lui la terre en miracles féconde
Réüniffoit, étaloit à fes yeux
Ceux que la Mer, ceux que le double
  Monde,
Tiennent cachés dans leur fein précieux.
Mille ruiffeaux ferpentans dans les plaines,
Mille zephirs par leurs douces haleines
Lui ménageoient un frais délicieux.
D'arbres touffus les têtes floriffantes
Le protegeoient fous leurs feüilles naiffan-
  tes,
Et lui faifoient un rampart gracieux,
Contre l'éclat de l'Aftre radieux,

Contre l'ardeur de ſes fleches brulantes
Chaque ſaiſon expoſoit à ſes yeux,
Et de l'Eté les moiſſons jauniſſantes,
Et du Printemps les peintures riantes.
Jamais l'Hyver de ces aimables lieux
N'interrompoit les fêtes innocentes ;
Mais le ſommeil couronné de pavots,
Plaiſir alors & non pas un remede,
Avec la nuit mere du doux repos,
Les terminoient par un court intermede.

Avec le jour tous les jeux renaiſſans,
Venoient ouvrir ſa tranquile paupiere ;
Et du Soleil le globe de lumiere,
Toûjours paré de rayons éclatans,
En parcourant ſon immenſe carriere,
Le promenoit de plaiſirs en plaiſirs
Par tout offerts à ſes chaſtes deſirs.

Joignant ſa voix aux douces ſimphonies
Qu'entre eux formoient les habitans de
l'air,
Il celebroit les grandeurs infinies

A v

De cet Efprit, qui deffend à la mer
D'outre-paſſer les conſtantes limites
Qu'à ſes fureurs ſon doigt ſeul a preſcrites
De cet Efprit dont le ſouffle puiſſant,
A fait ſortir tout Etre du néant.

Voilà du moins une foible peinture
Du fort heureux de la ſimple nature,
Peu reſſemblante à ce hideux portrait
Que récemment un Fou nous en a fait(*a*)
Qui ſalement place le bien ſuprême,
Selon le plan de ſon groſſier ſyſtême,
Dans les plaiſirs que l'on goûte à Paris,
Chez les Coteaux (b) *les Phrinés les Doris ;*
Qui, le cœur plein d'une bile empeſtée,
Sous des crayons ſottement libertins
Des plaiſirs purs du pere des humains
Nous traveſtit l'hiſtoire reſpectée.

Telle pendant un tems trop limité,

(*a*) Ecrit intitulé le Mondain.
(*b*) Gens de bonne chere ſelon Monſieur Boileau.

De l'homme fut la chaste volupté ;
Telle elle étoit quand un méchant Genie,
Que nous nommons vaine présomption,
Du noir cahos & de l'illusion
Fruit malheureux , & fille très-cherie ,
Seul entreprit d'interrompre le cours
Du calme heureux qui marquoit tous ses
    jours.
Aux premiers tems cette aveugle Furie ,
Dans le Palais étincélant des Cieux ,
Tenoit un rang sublime & glorieux ;
Mais à la fin sa superbe folie
L'en fit chasser par l'Arbitre des Dieux. .
De ses décrets, scrutatrice arrogante ,
Elle voulut dans cette obscurité ,
Qui les cachoit à sa vûë impuissante ,
Faire briller sa débile clarté ;
Elle blâma d'une langue insolente
Du Tout-puissant l'éternelle équité ;
Interrogea sa suprême sagesse,
Et demanda compte à sa volonté ;
      A vj

Même elle ofa comparer fa foibleffe
A la vigueur de fon bras indompté,
Et mefurer fa honteufe baffeffe
A fa terrible & grande Majefté.

Elle furprit, l'infernale Déeffe,
L'homme endormi dans fa fécurité,
Et careffant avec art fa moleffe,
Souffle en fon cœur par l'organe infeété
Que lui fournit une langue traîtreffe,
L'opinion d'une haute fageffe,
L'efprit d'orgueil & d'indocilité.
» Jufques à quand, malheureux, lui dit-elle
» Languiras-tu dans un lâche repos ?
» Cette raifon, cette flame immortelle
» Chez toi plongée en un affreux cahos
» Ignore-t'elle encor fon origine ?
» Elle eft du Ciel, un Tyran furieux,
» Cruel, altier, que la crainte domine
» L'en a bannie en ces terreftres lieux :
» Oüi, l'Empirée eft ta feule patrie,
α Homme Divin, la fiere jaloufie

» Poſſede hélas ! tes légitimes biens,

» Et te retient d'une main tyrannique.

» En de honteux & malheureux liens.

» Se réſervant le Palais magnifique

» Des plus hauts Cieux qu'elle ſçut uſur-
   per,

» Dans la pouſſiere elle te fait ramper,

» En te laiſſant, ô Prince miſérable,

» Des Animaux l'Empire mépriſable.

» Homme ſublime obéis à ma voix ;

» Ouvre les yeux, revendique tes droits.

» L'homme eſt un Dieu, pourvû qu'il veuil-
   le l'être.

   » Moi-même, oüi, moi-même ainſi que
      toi

» Servilement j'ai plié ſous la Loi

» D'un fier Tyran, & d'un orgueilleux
   Maître,

» Que je croyois Prince de l'Univers.

» Après un tems mes yeux ſe ſont ouverts ;

» Par ſes rayons une haute ſcience

» Illumina ma crédule ignorance

» Et diffipant cette fatale nuit,

» Où lâchement croupiffoit mon efprit,

» Elle m'apprit que du clair Empirée

» L'heureux féjour, la demeure facrée,

» Autant qu'à lui devoit m'appartenir;

» Que j'avois droit d'y regner, d'y joüir

» Du fort Divin de l'immortélle vie:

» Ma fermeté brifa les triftes fers

» Où mon erreur me tenoit affervie,

» Et tu me vois de ce riche Univers,

» Non moins que lui, Maîtreffe fouveraine,

» Pour t'affranchir d'un odieux pouvoir

» Et comme moi rompre à jamais ta chaîne

» Ofe un inftant feulement le vouloir:

» Ofe, fuivant le fentier de lumiere

» Que de mon pied je t'ouvre dans les airs,

» Voler au Ciel ta Region premiere,

» Et te placer au-deffus des éclairs.

L'homme déja d'une aîle ambitieufe

Impatiente, avide, curieuſe
De contempler d'un ſéjour ſi vanté
La magnifique & ſublime clarté,
Se diſpoſoit, comme un Aigle rapide,
A ſuivre au moins un ſi généreux guide,
Son eſprit vain, altier, audacieux,
Déja conçoit l'immenſité des Cieux ;
Déja bien plus, ſon arrogance folle
Va, dominant ſur l'un & l'autre Pole ,
Faire tourner ſur ſon brulant aiſſieu
De l'Univers l'inconcevable maſſe.
Comme il ſe croit d'une celeſte race,
L'homme déjá penſe & s'énonce en Dieu.

Il alloit donc, abandonnant la terre,
Par un effort puiſſant & généreux ,
Prendre ſon rang parmi les autres Dieux :
Lorſque ſoudain par un coup de tonnerre
Avec fracas ſon orgueil renverſé ,
A peine hélas ! entré dans la carriere,
Se voit contraint de mordre la pouſſiere ;
Il oſe encore lever ſon chef bleſſé ;

Lors du grand Dieu la voix majestueuse
Lui fit entendre en ces mots accablans
De son Destin les Arrêts foudroyans.
» Raison sublime, Etoile lumineuse,
» Mais que l'orgueil, par un revers fatal,
»|Met au-dessous du plus vil animal,
» Apprens que Dieu n'a que Dieu seul
   » d'égal. . .
Honteux, confus, se soutenant à peine
Il se releve ; alors la froide peur,
Comme un éclair courant de veine en veine
Se fit sentir la premiere à son cœur.
Cent passions, dont un doux esclavage
Jusqu'à cette heure avoit dompté la rage,
Brisent leurs fers avec emportement ;
Assiegent l'homme, & portent dans son
   ame
La pâle horreur, le ravage, la flâme :
Tel quelquefois avec frémissement
Un Tigre affreux, échapé de sa cage
Pour le malheur d'un gardien peu sage,

Saifit fon maître interdit & tremblant ;
Et fans pitié, la bête meurtriere ;
Plonge en fon flanc une dent carnaciere ,
Vengeant ainfi par fa férocité
Le long ennui de fa captivité.

   Jufqu'à-ce jour le Ciel doux & tranquile
S'arme foudain de carreaux ménaçans ;
Les Aquilons , de l'air nouveaux tyrans ;
Troublant des Eaux la furface mobile ,
Battent la Mer de fes flots écumans.
L'heureufe terre en moiffonsfi fertile
Ne pouffe plus de tréfors de fon fein ,
Elle eft pour l'homme, & de marbre, &
    d'airain.
L'Aftre du jour fe couvre de nuages.
L'affreufe nuit fait craindre fes horreurs
Tout entretient , tout accroit fes fraïeurs.
Il ne voit plus que finiftres préfages;
Le Monde entier , frappé de fon orgueil ,
Pour le pleurer , femble prendre le deüil.
   Il n'eft plus rien, ce Prince de la terre :

Les animaux contre lui révoltés
Infolemment lui déclarent la guerre,
Et font changez en monftres indomtés ?
Auparavant docile & maniable,
Le fier Lion l'attaque en rugiffant ;
Auparavant careffant & traitable,
L'affreux ferpent le pourfuit en fiflant.
L'homme fuperbe a méconnu fon Maître,
L'Infecte vil même ofe l'infulter
Et pour le fien ne veut plus le connoître,
Tous de concert femblent le détefter.
La maladie au tein pâle & livide
Vient l'infecter de fes brulans poifons.
L'âge flétri hâte fon pas rapide
Pour le couvrir de fes triftes glaçons.
La feule mort plus pitoyable qu'eux
En mettant fin à fes peines cruelles,
Dans le cahos de fes nuits éternelles
Abforbe enfin cet Eftre ambitieux.

Heureux du moins, fi le venin cauftique
Que lui fouffla cet efprit orgueilleux,

N'eût point paſſé, fureur épidemique,
Juſques au cœur de ſes derniers neveux,
Funeſte erreur, impuiſſante arrogance
Combien de maux chez vous ont pris naiſ-
    ſance !
De vous ſont nez ces Geans faſtueux
Dont l'inſolence oſa braver les Cieux ;
Et dont l'engeance en monſtres ſi féconde
Juſqu'à ce jour en a peuplé le monde ;
Cœurs dépravez, vains & lâches eſprits,
Qui par un tas de futiles Ecrits,
Marqués au coin de l'épicuréiſme
Publiquement enſeignent l'Athéïſme ;
Ou qui du moins avec préſomption,
Des vérités nous faiſant un problême,
Veulent donner leur ſotte illuſion
Pour un ſublime & merveilleux ſyſtême.

Combien helas ! en ces tems déteſtés
D'eſprits bleſſés, de cerveaux demontés
Dont le malheur ne vient à le bien prendre

Que du défir ambitieux d'étendre
Uu peu trop loin les bornes du bon fens!
Que de vouloir avec de foibles aîles
Quitter la terre, Oifons lourds & péfans,
Pour s'élever aux plages immortelles !
De maint Docteur la folle ambition
Prouve amplement ma propofition ;
Sageffe outrée, exceffive fcience,
Prefque toûjours enfantent l'arrogance.
Tout vif efprit plein d'une noble ardeur
Peut s'élever à l'extrême hauteur ;
Peut , s'élançant de la commune Sphere
Où s'accroupit un ignorant vulgaire ,
De la fcience atteindre le Zenit.
C'eft un grand point ; mais c'eft le plus
　　　petit.
Que faut-il donc ? une folide tête
Plus haute encore que le fourcilleux faîte
Où l'a portée un généreux effort ,
Et que toûjours l'humble vertu diri ge :

Sans quoi bientôt un malheureux vertige
Que de l'orgueil augmente le tranſport,
Le précipite & ſa chute ſuperbe ;
Chez l'idiot paſſe même en proverbe,

F I N.

J'A Y lû par ordre de Monſieur le Lieu-
tenant Général de Police un écrit intitulé : *La Préſomption punie* , dont on peut
permettre l'impreſſion. A Paris ce 23
May 1737.   P A G E T.

Vû l'approbation du Sieur Paget.
Permis d'imprimer. A Paris ce 25 May
1737.   H E R A U L T.

De l'Imprimerie de G I S S E Y,

AUTRES PIECES

du même Auteur.

LEs Dieux Rivaux, Poëme allegorique.

L'Epître à Monsieur de Voltaire ; intitulée par le Libraire, *Monsieur de Voltaire traité comme il le merite.*

L'Etourneau, ou les avantures du Sansonet , Poëme héroïque allégorique.

Les adieux du Poëte , allegorie.